註東坡先生詩

卷四十一

曩在韓江小玲瓏山館見宋雕歐陽公集凡四函茲遊京師又見
公集正如米老所云臨紙想見風采乾隆丁酉八月十有八日黃易在
覃溪學士詩境軒題是日得漢石經殘字二幅

道光丁酉臘月十九日潘德畬約同人為東坡
壽并出觀宋商邱所藏宋鐫施顧注蘇
集歷傳次系俱有題詠
哥窯蚶斝醫龍涎宋鐫蘇集尊列前主人兩客
再拜虔為坡祝壽延詩緣集中舊記商邱傳注
繹施顧同排箋自從補遺出新編舉施酬顧無
乃偏覃溪學士書畫船獲此巨寶輸萬緡題標
卷首精校甄孟閒賛集歐虞妍更作小冊成編年
廣寸有五經緯全纏頭細書弦嚴研皇祐紀元迄雍

乾生東坡後諸後賢生死宦績魚貫穿我得其冊朝
夜奉蘇集虔望如躋天自翁及吳凡再遊今日
乃爲儒子專蓬萊水淺三作田古人已死我已僻世
非坡公獨流連哉亦俛首隨俗牽大造在手探微元
諸子出入歸蹄筌鏡空月皎滄波平兩大智慧離
中邊煮梅曹洞非真禪坡公之詩安使往去歲太史
司几筵黎樾喬太史宅案頭花色初拂鬘今年此集珪璧璧
華采照曜侵杯棬靚未曾覯人儷肩拂拭揩墨
流雲煙主人意與醉未殘裁薌索詩憑肌宣古今

作者誰後先榱棟之下皆櫨椽我幸且喜狂以顛公也有知無亦嗎　聯

道州何紹業初稿

東坡先生和陶淵明詩引

弟轍

東坡先生謫居儋耳寘家羅浮之下獨與幼子過負擔度海葺茆竹而居之日啗藷芋而華屋玉食之念不存於胷中平生無所嗜好以圖史為園囿文章為鼓吹至是亦皆罷去猶獨喜為詩精深華妙不見老人衰憊之氣是時轍亦遷海康書來告曰古之詩人有擬古之作矣未有追和古人

者也、、和古人、則始於東坡吾於詩人無所甚好獨好淵明之詩淵明作詩不多然其詩質而實綺癯而實腴自曹劉鮑謝李杜諸人皆莫及也吾前後和其詩凡一百有九篇至其得意自謂不甚媿淵明今將集而併錄之以遺後之君子其為我志之然吾於淵明豈獨好其詩也如其為人實有感焉淵明臨終疏告儼等吾少而窮苦每以家弊東西游走性剛才拙與物多忤

自量為己必貽俗患俛仰辭世使汝等
而飢寒淵明此語蓋實錄也吾眞有此病
而不蚤自知平生出仕以犯世患此所以
深愧淵明欲以晚節師範其萬一也嗟乎
淵明不肯為五斗米一束帶見鄉里小兒
而子瞻出仕三十餘年為獄吏所折困終
不能悛以陷大難乃欲以桑榆之末景自
託於淵明其誰肯信之雖然子瞻之仕其
出處[illegible]退猶可考[illegible]後之君[illegible]其必有以

處之矣孔子曰述而不作信而好古竊比
於我老彭孟子曰曾子子思同道區區之
迹蓋未足以論士也轍少而無師子瞻既
冠而學成先君命轍師焉子瞻嘗稱轍詩
有古人之風自以爲不若也然自斥居東
坡其學日進沛然如川之方至其詩比李
太白杜子美有餘遂與淵明比轍雖馳驟
從之而常出其後其和淵明轍繼之者亦
一二焉紹聖丁丑十二月十九日海康

南東齋引

註東坡先生詩卷第四十一

吳興施氏
吳郡顧氏

追和陶淵明詩五十四首

飲酒二十首 并引

吾飲酒至少常以把盞為樂往往頹然坐睡人見其醉而吾中了然蓋莫能名其為醉為醒也在揚州飲酒過午輒罷客去解衣槃礴終日歡不足而適有餘因和淵明

飲酒十[illegible]章原[illegible]御書[illegible]名者示舍

弟子由晁無咎學士晁無咎名補之時通判揚州事見三十二卷次韻晁無咎以詩相迎詩註

我生不如陶世事纏綿之文選潘安仁寡婦賦思纏綿以瞀亂云何得一適亦有如生時寸田無荊棘黃庭經寸田尺宅好治生註云寸田謂三丹田各方一寸也眞誥紫微夫人告許長史火棗交梨之樹已生汝曾中可剪除荊棘令此樹丹生佳處正在茲縱心與事往論語七十而縱心所遇無復疑偶得

酒中趣晉孟嘉傳桓溫問酒有何好而卿嗜之嘉曰公未得酒中趣尓

杯亦常持

二豪詆醉客晉劉伶傳為酒德頌曰有貴介公子搢紳處士聞吾風聲議其所以先生方捧甖承槽銜杯漱醪𢬵思無慮其樂陶陶兀然而醉怳然而醒二豪侍側焉知蜾蠃之與螟蛉

氣湧胷中山江表傳孫權曰朕年六十世事難易靡所不嘗近為鼠子所卻令人氣湧如山

灌然似冰釋老子渙若冰將釋

亦復在一言喬氣實其腹老子虛其心實其腹

云當享長年不飲得徑醉史記滑稽傳淳于髡曰恐懼[illegible]而飲[illegible]杯[illegible][illegible]君[illegible][illegible]享[illegible]李[illegible]白月下[illegible]詩但得

爲叩聽

道喪士失己出語輒不情 漢地理志齊士言與行繆虛詐不情

江左風流人 南史王儉傳常謂人曰江左風流宰相唯有謝安

醉中亦求名淵明獨清眞 李太白詩右軍本清眞瀟洒在風塵

談笑得此生 陶淵明飲酒詩笑傲東軒下聊復得此生

身如受風竹掩冉衆葉驚俯仰各有態得酒詩自成 唐文藝傳胡楚賓屬文敏甚必酒中然後下筆

蠢蠕食葉蟲仰空慕高飛一朝傳兩翅乃得黏網悲 唐文粹陸龜蒙蠹化橘之蠹如小指翻葉飢蠹之速蜕為

蝶聳空翅輕瞥然而去須臾犯螢網而膠之引絲還纏牢若拳梏啁啾同

巢雀沮澤疑可依赴水生兩殼遭何時

歸禮記季秋之月爵入大水為蛤二蟲竟誰是一笑百念

衰幸此未化閒有酒君莫違鄭嵎津陽門詩平明酒醒各分首今夕一尊君莫違

小舟眞一葉黃閔武陵沅記鼎口望沅中舟行如樹一葉下有

暗浪喧夜棹醉中聽不知枕几偏天明問

前路陶淵明歸去來辭問征夫以前路恨晨光之熹微巳[illegible]金

[illegible]蚕計

百年六十化念念竟非是莊子蘧玉行年六十而六十化未嘗不始於是之而卒詘之以非也柳子厚石門東軒詩坐來念念非昔人是

身如虛空華嚴經處世界如虛空誰譽與毀論語誰毀誰譽

得酒未舉杯喪我固忘尔莊子今也吾喪我子知之手

倒床自甘寢莊子孫叔敖甘寢秉羽而郢人投兵韓退之鄭羣簟詩倒身甘寢百疾愈不擇菅與綺

頃者大雪年海波翻玉英有士常痛飲杜子美詩忘形到尔汝痛飲眞吾師

飢寒見眞情林頭有敗

白樂天贈吳丹詩酒甕在牀頭孤坐時一傾未能平體天

趙飛燕外傳露立閑息順氣體溫舒無軫粟且復澆腸鴻脫衣

裹凍酒每醉念此生

我坐華堂上文選嵇叔夜琴賦華堂曲宴密友近賓不改麋

鹿姿白樂天中書寓直詩士木形骸麋鹿心時來蜀岡頭唐地

里志揚州節度使杜亞自江都西循蜀岡之右引陂趨城喜見霜松枝

心知百尺底文選左、沖詠史詩鬱鬱澗底松離離山上苗以彼徑寸

莖蔭此百尺條巳公千歲奇史記龜策傳□令□歲松根煌

□士□□□□□□□□□樂天□ 書名 □標

花□□□□□夜幽憤詩煌身開靈芝
一年三秀舉觴酹其根漢見究傳敬舉君之觴一選謝宣遠王撫軍詩
舉觴飲餞務無事莫相冀
芙蓉在秋水李太白憶舊遊詩秋水出芙蓉天然去雕飾時節
自闓開清風亦何意入我芝蘭懷一隨採
折去永與江湖乖斷絲不復續斗水何足
栖不如玉井蓮結根天池泥韓退之古意詩太華峰頭
玉井蓮開花十丈藕如船維摩經高原
陸地不生蓮花卑濕淤泥乃生此華感
此每自慰吾事幸不諧醉中有歸路白天

陶潛體詩處處去不得知歸酒中來了了初不迷乘流且
逝漢賈誼傳乘流則逝得坎則止抵曲吾當迴
籃輿兀醉守晉陶潛傳向乘籃輿亦足自反白樂天詩有時騎馬醉兀
兀冥天造路轉古城隅酒力如過雨清風消半
途前山正可數後騎且勿驅我緣在東南
往寄白髮餘遙知萬松嶺下有三畝居

元祐七年五月先生守揚州
上奏曰今大姓富家為市易
所破十無一二其餘小民大
半皆有負欠守令循吏率文
將日至其門鞭笞日加其身

[illegible]

屢十料准納通五昔分而足
而有司謂有旨倚閣未方依
指揮臣親見兩浙京西淮南
之民皆為積欠所壓日就窮
蹙本州於理合放而於條未
有明文者且令權任催理聽
候指揮伏望特留聖意深詔
左右大臣早賜果決行下六
月十六日又上奏曰今夏田
一熟民於百死之中微有生
意而監司爭言催欠臣敢昧
死請內降手詔應淮南東西
浙西諸般欠負不問新舊特
與權住催理一年此詩
所述蓋是得請故也

民勞吏無德歲美天有道暑雨避麥秋

夏暑雨小民唯曰怨咨禮記孟夏之月麥秋至溫風送蟋老蔡月章句溫風暑氣之在風者也三嚥初有聞孟子三嚥然後耳有聞目有見一溉未濡槁文選嵇叔夜養生論為稼於湯世偏有一溉之功者雖終歸於燋爛必一溉者後枯詔書寬積欠父老顏色好杜子美送瓜詩滿眼顏色好再拜賀吾君獲此不貪寶左傳襄公十五年宋人或得玉獻諸子罕弗受曰我以不貪為寶頹然笑阮籍醉几書謝表晉阮籍傳文帝讓九錫公卿將勸進使籍為其辭籍沉醉忘作臨詣府使取之見籍方據案醉眠使者以告籍便書案使寫之無所

婁[illegible]小[illegible]謂[illegible]角[illegible]言[illegible]晏晏注云總角之宴

總角結髮也不記有白髮猶誦論語辭人間本

見戲顛倒略似紘唯有醉時眞杜子美詩笑接郎中

評事飲病從深酌道吾眞空洞了無疑晉周顗傳是中空洞無物墜

車終無傷莊叟不吾欺莊子醉者之車雖疾不死墜呼

兒具紙筆杜子美春陵行呼兒具紙筆隱几臨軒楹作詩呻吟內墨淡字

欹傾醉語輒錄之

醉中雖可樂猶是生滅境涅槃經諸行無常是生滅法生

滅滅已寂滅為樂云何得此身不醉亦不醒癡

景升牛莫保尻與領晉栢溫傳劉景升千斤大牛噉芻豆倍常牛負重致遠曾不若一羸特魏武入荆州以享軍士黠如東郭㕙

束縛作毛穎韓退之毛穎傳居東郭者號曰㕙蒙將軍拔其毫載穎而歸聚其族而加束縛焉

廼知嵇叔夜非坐虎文炳晉嵇康傳字叔夜美詞氣有風儀而土木形骸不自藻飾山濤將去選官舉康自代康乃與書告絶後爲鍾會譖於文帝而害之周易大人虎變其文炳也

我家小馮君漢馮奉世傳子野王立相代爲上郡大守吏民歌之曰大馮君小馮君云云壯頗醇主清坐不飲酒而能

容□□齋歸□ [illegible]

介甫辭當以疾瀕豈久伏謝病不待年 送還下函詩辟

豈知山林士骯髒𨓍爾貴後漢趙壹傳伊優北堂上骯髒倚門前乞身當念蚤歐陽永叔歸田詩乞身當及強健時過是恐少味後漢馬援傳與楊廣書曰及今成計殊尚善也過是欲少味矣去鄉三十年風雨荒舊宅惟存一束書韓退之示兒詩始我來京師止攜一束書辛勤三十年以有此屋廬寄食無定迹漢韓信傳常從人寄食每用愧淵明尚取禾三百毛詩胡取禾三百廛兮頎然六男子毛詩猗嗟昌兮頎而長兮粗可傳清白漢楊震傳子孫常蔬食步行或令為開產業震不肯曰使後世

稱為清白吏子孫以此遺之不亦厚乎於吾豈不多何事

歎惜

嘵嘵六男子 楊子嘵嘵之學各習其師 弦誦各一經 禮記

文王之為世子也九學必時春誦夏絃 復生五丈夫 史記孔子弟子

有若傳商瞿年長無子瞿母請之孔子曰無憂瞿年四十後當有五丈夫子 戢

戢丁欲成 唐食貨志凡民始生黃四歲為小十六為中二十一為丁六十

為老 歸田了門戶 後漢張平子有歸田賦杜子美詩游子久在外門戶

衆人詩 與國充賤更 韓退之寄盧仝詩去歲生兒名添丁意令與國

充秋[illegible]漢[illegible]王濞傳注云當為更卒曰錢[illegible]謂之[illegible]更

普兒玄學□□三學韻十蒸杜子美徐卿二子歌秋水為神玉為骨淮老抱鶴鶵破殼巳長鳴舉酒屬千里一歡愧凡情

淮海雖故楚尚書淮海惟揚州無復輕揚風史記貨殖傳自淮以北沛楚也其俗剽輕李濟翁資暇錄云揚州者以其土俗輕揚故名其州今作楊柳之楊繆也齋廚聖賢雜無事時一中三國志魏徐邈傳醉客謂酒清者為聖人濁者為賢人文帝問曰頗復中聖人否邈曰時復中之史記陳軫傳謂犀首曰君何好飲也曰無事也誰言大道遠正賴三杯通李太白詩三杯通大道一斗合自然使君不夕上

衙門散刀弓杨子學朝日說古者旦見朝暮見日夕故詩曰邦君侯莫肯朝夕

何人築東臺一郡坐可得孟子可坐而致也亭亭

古浮圖文選劉越石詩亭亭孤榦獨生無伴釋氏要覽浮屠塔也又梵語塔婆此云高顯獨立表衆惑楚辭九歌表獨立兮山之上蕪城

閱興廢鮑明遠蕪城賦云登廣陵故城作城呉王濞所都也雷塘幾

閉塞唐地理志揚州江都縣東十一里有雷塘貞觀十八年長史李襲譽引渠以溉田明年花華堂文選嵇叔夜琴賦華堂曲宴置酒弔

亡國無今昔兩冬以次寂默杜牧之詩詠初行西

迨歌吹是揚州

晁子天麒麟（南史徐陵傳寶誌摩其頂曰天上石麒麟也）其結交及未仕高才固難及雅志或類己各懷伯業能（英雄記魏太祖稱長大而能勤學者惟吾與袁伯業耳山陽太守袁遺字伯業見魏武紀）共有丘明恥（論語匿怨而友其人左丘明恥之）歌呼時就君（漢曹參傳游後園聞吏醉歌呼乃取酒張坐飲大歌呼與相和）指我醉鄉里（唐文粹王績醉鄉記醉鄉去中國不知其幾千里也豈古華胥氏之國也）吳公門下客賈誼獨見紀請作鵩鳥賦我亦得坎止（漢賈誼傳河南守吳公聞其秀材召寘門下

帝徵吳公為廷尉薦言賈誼召以為博
後為長沙王太傅有服飛入誼舍為賦
自廣云乘流則
逝得坎則止
行樂當及時
文選古詩為
樂當及時何
能待
來茲
綠髮不可恃

蓋公偶談道齊相獨識眞
蜀志管寧傳時
襄批弊識眞者
漢書曹參傳為
齊相膠西蓋
少
頹然不事事客至先飲醇
公為言治道貴清淨而民自定故相齊九
年齊國安集及為相國日夜飲酒賓客見
參不事事欲有言輒飲以醇
酒醉而還去終莫得開說
當時劉項罷

四海瘡痍新
後漢郎傳元元
瘡痍已過半矣
三杯洗戰
國一斗消[illegible]千載淺
南史梁元帝
詩敘參千載

谷詩思車轄基陽公[illegible]醉卧客懷中言笑徒

多勤唐陽城傳爲諫議大夫日夜劇飲客欲諫止者城揣知其肯強飲客客辭即引滿或先醉卧客懷中我[illegible]閱舊史文選潘安仁馬汧督誄臣託乎舊史之末獨與三人親未暇飡脫粟苦心

學平津漢公孫弘傳爲丞相封平津侯身食一肉脫粟飯陸士衡贈馮文羆詩志士多苦心草書亦何用醉墨淋衣巾韓退之醉後詩淋浪身上衣顛倒筆下字一揮三十幅持去聽坐人南史齊高帝諸子傳新浦侯子雲善草隸百濟使人求書曰侍中尺牘之美遠流海外今日所求唯在名跡子雲書三十紙與之

歸園田居 并引

東坡曾孫叔子名峴刻所藏眞跡於泉南舶司間與集本不同所作類多晚歲當是集本有誤今從石本

三月四日游白水山佛迹巖沐浴于湯泉晞髮于懸瀑之下浩歌而歸肩輿却行以與客言不覺至荔支浦上晚日蔥曨竹陰蕭然荔子纍纍如芡實矣有父老年八十五指以告余及是可食能携酒來游乎意欣然許之歸卧既覺聞兒子過誦淵明歸

園田居詩六首　和廿六韻始余在廣陵
和淵明飲酒二十首今復為此要當盡和
其詩廼已耳
環州多白水文選劉公幹雜詩方塘含白水際海皆蒼山
庾信傷心賦山蒼蒼而正寒以彼無盡景寓我有限年
東家著孔丘西家著顏淵孔子家語魯人不識孔子聖人
乃曰彼東家丘吾知之矣魏志邴原別傳嘗游學詣孫崧崧曰君鄉里鄭君學者師
模也君乃舍之所謂以鄭為東家丘也原曰君謂僕以鄭為東家丘君以僕為西家
愚夫邪市為不二價孟子從許子之道則市價不二農為

爭田說苑虞人與芮人質其成於文王文王之境見其人民之讓為士大入其國見其士大夫讓為公卿二國相謂而未見文王之身讓其所爭以為閒田

周公與管蔡恨不茅三間漢劉向傳周公與管蔡並居周位宋武二王傳論曰襄陽龐公謂劉表曰若使周公與管蔡處茅屋之下食藜藿之羹豈有若斯之難云云

我能一飯足陶淵明飲酒詩傾身營一飽少許便有餘

薇蕨補食前孟子食前方丈門生餽薪米救

我厨無煙白樂天浮山人詩厨無煙火妻無室斗酒與隻雞

酬歌餞華顛新序士亦華髮墮顛而後可用禽魚豈知道

我適物自閑[illegible]樂天詩世間事不遂意

窮猿既投林晉李充從褚裒求為縣曰窮猿投林豈暇擇木瘦馬初解鞅文選謝玄暉京路夜發詩無曰稅歸鞅心空能新得境熟夢餘想江鷗稍馴集杜子美詩白鷗沒浩蕩萬里誰能馴蜑叟已還往北史蠻獠傳南方曰蠻其流曰蜑曰俚曰獠南池綠錢生杜子美詩點谿荷葉疊青錢北嶺紫筍長國史補湖州有顧渚紫筍茶提壺豈解飲好語時見廣歐陽永叔啼鳥詩獨有花上提壺盧勸我沽酒花前傾春江有佳句杜子美詩猥誦佳句新我醉墮渺莽

新浴覺身輕新沐感髮稀白樂天新沐感髮詩沐稀髮苦落一沐仍半禿

風乎懸瀑下却行詠而歸論語浴乎沂風乎舞雩詠而歸

仰觀江搖山俯見月在衣杜子美詩衣上見新月

步從父老語有約吾敢違

老人八十餘不識城市娛史記律書文帝時人民樂業自年六七十翁未嘗至市井

造物偶遺漏同儕盡丘墟杜子美五盤詩流落墮丘墟

平生可渡江水北有幽居杜子美詩絕代有佳人幽居在空谷

手插荔支子合抱三百株

莫言陳家紫蔡君謨荔支譜云興化軍[illegible]

不為滿意陳氏留[illegible]摘[illegible]先開戶隔墻入

錢得者自以為幸不敢較其直之多少也

君謨所述閩中諸郡荔子以陳家紫為第

一甘冷恐不如君來坐樹下飽食擕其餘

禮記君子既食則裹其餘乎

歸舍遺兒子懷挹不可虛

有酒持飲我不問錢有無

毛詩有酒醑我無酒酤我

坐倚朱藤杖行歌紫芝曲

杜子美詩松下丈人巾屨同偶

坐似是商山翁悵望聊歌紫芝曲時危慘淡來悲風

不逢商山翁

漢張良傳上有所不能致者四人顏師古曰所謂商山四皓也

見此野老足

杜子美詩野老墻低還是家

願同荔支社長作雞黍局

教我同光塵老子和其光同其塵後漢與傳不能和光同塵為讒邪
所忌月固不勝燭東坡云莊子曰月固不勝火郭象曰大而闇不若小
而明陋哉斯言也予為更之曰明於大者必晦於小月能燭天下而不能燭毫釐此
其所以不勝火也然卒之火勝耶月勝耶霜飈散氛祲廓然似
朝旭
昔我在廣陵悵望柴桑陌顏延年靖節士誄淵明卒於
潯陽縣柴桑里長吟飲酒詩淵明有飲酒詩二十首頗獲一
笑適當時已放浪杜子美詩放[illegible][illegible]彭澤朝坐夕不
夕眠毛詩邦君諸侯莫肯朝夕禮記朝不廢不廢[illegible]百官[illegible]朝而不夕

矧今吾閒人一說長過隙之莊子良使人生一世間如白駒之過隙江山互隱見出沒為我役斜川追淵明陶淵明游斜川詩序辛丑歲正月五日與二三鄰曲同游斜川東皋友王績唐王績傳游北山東皋著書自號東皋子詩成竟何為六博本無益楚辭宋玉招魂箟蔽象棊有六博注云投六箸行六棊故謂之六簙

形贈影

天地有常運日月無閑時孰居無事中作止推行之莊子天其運乎地其處乎日月其爭於所乎孰主張是孰維

是孰居無事推而行是細察我與汝相因以成茲多

然乘物化陶淵明歸去来辭聊乘化以歸盡文選張茂先勵志詩吉士思秋寔感物化豈與生滅期夢時我方寐偃然無所思胡為有哀樂輒復隨漣洏我舞汝凌亂李太白詩我歌月徘徊我舞影凌亂相應不少疑還將醉時語答我夢中辭

影答形

丹青寫君容常恐盡所拙我依月燈出相肖兩字絕李太白趙女詞光寸絕形影本在君我

豈若悅君、如火上煙火盡君迺別我如

鏡中像圓覺經由寂靜故十方世界諸鏡如来心於中顯現如鏡中像

壞我不滅雖云附陰晴了不受寒熱無心

但因物萬變豈有竭醉醒皆夢耳未用議

優劣

神釋

二子本無我其初因物著豈惟老變衰文選

嵇叔夜養生論從裏至白從白得老念念不如故柳子厚石門東軒詩

坐来念念非昔人知君非金石安足長託附文選古

人生忽如寄壽無金石固莫從老君言亦莫用佛語
山與佛國終恐無是處甚欲隨陶翁移家
酒中住杜子美飲中八仙歌恨不移封向酒泉醉醒要有盡
未易逃諸數陶淵明飲酒詩一士長獨醉一夫終年醒醒醉還相笑發
言各不領寄言酣中客日沒燭當炳一作獨何炳平生逐兒戲漢周
亞夫傳特兒戲耳處處餘作具所至人聚觀漢張騫傳
多聚觀者指目生毀譽史記陳勝世家旦日卒中往往指目勝廣如
今一弄火好惡都焚去既無負載勞又無
寂懷耀仲尼晚而覺天下何思慮周易繫辭子一

天下何思何慮天下同歸而殊塗一致而百慮天下何思何慮

詠二疏

二疏事漢時迹寓心已去許侯何足道寧識此高趣可憐魏丞相免冠謝陋舉中興多名臣有道獨兩傳漢疏廣傳地節三年立皇太子廣為太傅兄子受為少傅太子外祖平恩侯許伯白使其弟舜監護太子家宣帝以問廣廣曰不宜獨親外家上善其言以語丞相魏相相免冠謝曰此非臣所及在位五歲父子俱移病乞骸骨公卿大夫故人邑子設祖道東都門外送者車數百兩觀者皆曰賢哉二大夫魏相傳贊曰孝宣中興丙魏有聲世途方轂擊史記主父偃

合從連橫馳車擊轂誰肯行此路是身如委蛻莊[illegible]身非我有也是天地之委形也子孫非我有也是天地之委蛻也未蛻何所顧已蛻則兩忘身後誰毀譽論語誰毀誰譽如有所譽者其有所試所以遺子孫買田豈先務疏廣傳子孫竊謂其昆弟老人勸說君買田宅廣曰賢而多財損其志愚而多財益其過且富者衆之怨也吾既亡以教子孫不欲益其過而生怨我嘗游東海疏廣傳東海蘭陵人也所歷若有素漢張禹傳忽忘雅素注云故舊也神交久從君晉嵇康傳所與神交者阮籍山濤屢夢今乃悟

淵明作詩意妙想非俗慮庶幾二大夫見

徽而知著越絕書子胥曰聖人見微知著睹始知巳

詠三良子車氏奄息仲行鍼虎秦之良臣也

此生太山重忽作鴻毛遺漢司馬遷傳死有重於太山有輕於鴻毛用之所趨異也三子死一言所死良巳徽賢哉晏平仲事君不以私我豈犬馬哉從君求蓋帷禮記仲尼之畜狗死使子貢埋之曰敝帷不弃為埋狗也殺身固有道大節要不虧論語臨大節而不可奪也君子人歟君為社稷死我則同其歸左傳襄公二十五年齊崔杼弑其君晏子立於崔氏之門外其人曰死乎曰獨吾君也乎哉吾死也曰行乎曰吾罪

乎哉吾亡也曰歸乎曰君死安歸君為稷死則死之為社稷亡則亡之若為己死
而為己亡非其私暱誰敢任之且人有君而弒之吾焉得死之焉得亡之將庸何歸
門啟而入枕尸股而哭興三踊而出顧命有治亂尚書有顧命篇臣
子得從違魏顆真孝愛三良安足希左傳宣公
十五年晉魏武子有嬖妾武子疾命其子顆曰必嫁是疾病則曰必以為殉及卒顆
嫁之曰疾病則亂吾從其治毛詩黃鳥哀三良也國人刺穆公以人從死仕宦
豈不榮有時纏憂悲所以靖節翁南史陶潛傳卒
號靖節先生眂此黔婁衣陶淵明詠貧士詩安貧守賤者自古有黔
婁好爵吾不榮厚饋吾不酬一旦壽命盡弊服仍不周

詠荊軻

荊軻衞人也衞人謂之慶卿之燕燕人謂之荊卿

秦如馬後牛 晉元帝紀初玄石圖有牛繼馬後故宣帝深忌牛氏而以毒酒鴆殺其將牛金而恭王妃夏侯氏竟通小吏牛氏而生元帝亦有符云

呂氏非復嬴 史記秦本紀秦之先栢翳佐舜賜姓嬴氏莊襄王為秦質子於趙見呂不韋姬悅而取之生始皇名為政姓趙氏呂不韋傳不韋取邯鄲諸姬與居知有身以獻秦質子楚生子政立為王是為始皇帝

天欲厚其毒 左傳昭公四年司馬侯曰楚王方侈天其或者欲逞其心以厚其毒而降之罰

假手李客卿 左傳昭公十一年叔向曰蔡侯獲罪於君而不能其天將假手於楚以斃之史記李斯傳為秦相呂不韋舍人因以得說秦王拜為客卿卒用其計謀

并天下功成志自滿尚書志自滿九族乃離積惡如陵
京毛詩如岡如陵又如坻如京京鄭氏云京大也滅身會有時周易
惡不積不足以滅身徐觀可安行沙丘一狼狽史記秦始
皇紀崩於沙丘平臺趙高與公子胡亥丞相斯詐為受遺詔沙丘立胡亥為太子賜
公子扶蘇死文選潘安仁西征賦亦狼狽而可憐笑落冠與纓史記
滑稽傳淳于髡仰天大笑冠纓索絕太子不少忍顧非萬人
英史記燕世家秦兵臨易水燕太子丹陰養壯士使荊軻刺秦王覺殺軻擊燕
燕斬丹以獻淮南子知過萬人謂之英魏韓裂智伯肘足本
無聲史記魏世家當秦六卿之時知氏最強率魏韓兵以圍趙襄子於晉陽

魏桓子肘康子韓康子履魏桓子肘足接於車上而知伯地分身死國亡為天下笑

胡為奋不成謀託國此狂生 漢酈食其傳人皆謂之狂生

荊軻不足說田子老可驚 史記荊軻傳燕太子丹問其傅鞠武求為報秦王者武言田光先生因太子進迎光光曰所善荊卿可使也頸因先生得結交於荊卿光見荊卿欲自殺以激荊卿因自刎而死荊軻見太子於是尊為上卿使刺秦王

燕趙多奇士 漢江充傳武帝望見而異之曰燕趙固多奇士

惜哉亦虛名 家語惜哉小也不曰人忘弓人得之文選古詩虛名何益

竟殺父因其母此豈容天庭 史記呂不韋傳嫪毒事連相國呂不韋出就國不韋自度稍侵見誅乃飲酖而死劉向說苑茅焦

秦始皇帝曰陛下車裂假父有嫉妬之囊撲兩弟有不慈之心遷母萯陽有不孝之行從蒺藜於諫士有桀紂之治亡秦只三戶漢項籍傳楚雖三戶亡秦必楚況我數十城漸離雖不傷陛戟加周營荊軻傳軻善擊筑者高漸離秦既逐荊軻之客惜其善擊筑重赦之乃矐其目使擊筑漸離乃以鉛置筑中舉筑扑始皇不中遂誅漸離終身不近諸侯之人後漢百官志注云昔燕太子使荊軻刼始皇變起兩楹之間其後謁者持匕首刺腋高祖僵武行文故易之以极至今天下人憖燕欲其成廢書一太息史記樂毅傳太史公曰讀樂毅之報燕王書未嘗不廢卷而泣也楚辭屈原離騷長太息以涕兮可見千古情

荅賔參軍十

周循州彥質在郡二年書問無虛日罷歸過惠爲余留半月既別和此詩追送之周循州字文之事見三十六卷荅周循州詩註

我見異人且得異書袁山松漢書王充作論衡蔡邕始得之其後王朗爲會稽守又得其書及還許下時人稱其才進曰不見異人當得異書挾書從人何適不娛漢楚元王傳常以書自娛羅浮之趾卜我新居子非玄德三顧我廬文選諸葛孔明出師表先帝嘗顧臣於草廬之中洛臣以畫世之事蜀先主字玄德一日酒荔

絕甘分琢漢司馬遷傳李陵素與士大夫絕甘分少能得人之死力[illegible]
云晚接數面自親陶淵明龐參軍詩序諺云數面成親舊況其情
過此者乎海隅一笑豈云無人無酒酤我毛詩有酒
醑我無酒酤我或乞其隣論語或乞醯焉乞諸其鄰而與之將行
復止眷言孜孜苟有于中傾倒出之奕奕
千言毛詩奕奕寢廟縏爲陳詩周禮命太師陳詩以觀民風觴
行筆落了不容思此妙侍側韓退之詩捧書隨諸兄累
累角尚丱兩髦丫分毛詩髧彼兩髦實爲我儀歌舞壽我永
爲歡欣幽吟淒然仰視浮雲此曲此聲何

時獲聞鄴下鼓其鏜（毛詩擊鼓其鏜踊躍用兵）舡開艣鳴

顧我而言雨泣載零（毛詩涕零如雨）子卿白首當

還西京（漢蘇武傳字子卿在匈奴十九歲始以強壯出及還鬚鬢盡白萬石君傳逮老白首）遼東萬里亦歸管寧（三國志魏管寧傳至遼東公孫度虛館以候之文帝即位徵寧遂將家屬浮海還郡）感子至意託

辭西風吾生一塵寓形空中顧言謙亨君

子有終（周易謙亨君子有終吉）功名在子何異我躬

貧士 并引

余遷惠州一年衣食漸窘重九俯邇樽俎

蕭然乃和淵明貧士七篇以寄許下高安宜興諸子姪并令過同作

長庚與殘月耿耿如相依韓退之東方未明詩東方未明大星沒獨有太白配殘月以我旦暮心惜此須臾暉青天無今古誰知織烏飛我欲作九原獨與淵明歸禮記趙文子與叔譽觀乎九原文子曰死者如可作也吾誰與歸

俗子不自悼顧憂斯人飢堂堂誰有此史記齊世家景公三十二年彗星見景公坐柏寢嘆曰堂堂誰有此乎千駟良可悲孟子齊景公有馬千駟死之日民無德而稱焉

夷齊恥居周高歌誦虞軒史記伯夷傳武王已平殷天下宗周伯夷叔齊恥之義不食周粟隱於首陽山采薇而食之及饑且死作歌曰虞夏神農忽焉沒兮我安適歸矣于嗟徂兮命之衰矣

產祿彼何人能致綺與園漢張良傳呂后令呂澤卑辭厚禮迎此四人顏師古曰謂園公綺里季夏黃公角里先生

古來避世士論語賢者避世泉南石刻作士集本作人

死灰或餘煙漢韓安國傳死灰獨不復然乎

末路益可羞漢鄒陽傳晚節末路

朱墨手自研北史蘇綽傳始制文案程式朱出墨入

淵明初亦仕絃歌本誠言不樂迺徑歸視世羞獨賢晉陶潛傳嘗謂親朋曰聊欲絃歌以為三徑之

資可手執事者聞之以為彭澤令郡遣
郵至吏白應束帶見之潛歎曰吾不能為
五斗米折腰事鄉里小人
即日解印去縣賦歸去来

誰謂淵明貧尚有一素琴心閑手自適寄此無窮音晉陶潛傳性不解音聲而畜素琴一張絃徽不具每朋酒之會則撫而和之曰但識琴中趣何勞絃上聲

佳辰愛重九芳菊起自尋蹤巾歎虛漉塵爵笑空斟忽餉二萬錢顏生良足欽急送酒家保勿違故人心南史陶潛傳嘗九月九日無酒出宅邊菊叢中坐久之逢王弘送酒至即便就酌逢其酒熟取頭上葛巾漉酒畢還復著之顏延之在[illegible]

[illegible]二萬[illegible]酒家[illegible]取

酒漢欒布傳賣傭於齊為酒家保

人皆有耳目夫子曠與婁孟子離婁之明師曠之聰

毫寫萬象文房四譜楊子雲荅劉歆書云天下上計者雄當把三寸弱翰

四尺油素以問其異水鏡無停酬襄陽記龐德公語先主曰司馬德操

人之水鏡也閑居惜重九感此歲月周端如孔

北海只有樽空憂後漢孔融傳嘗歎曰坐上客常滿尊中酒不空

吾無憂矣融嘗為北海相二子不並世高風兩無儔我

復五百年清夢未易求

芙蓉雜金菊枝葉長闌干閬川名士傳薛令之詩槃中

所有苜蓿長闌干遙憐退朝人杜子美詩退朝花底散餻酒

出太官國朝故事九月九日以花餻法酒賜近臣西京雜記漢武帝宮人賈佩蘭九月九日佩茱萸囊食餌飲菊花酒云令人長壽方言餌即餻或謂之餈豈

知江海上落英亦可飡楚辭屈原離騷夕飡秋菊之落英

典衣作重九石刻作九集本作陽杜子美詩朝回日日典春衣祖

歲石刻作歲集本作暑慘將石刻作將集本作多寒無衣粟我

膚無酒顰我顏貧居眞可歎二事長相關

老詹亦白髮東坡云惠州太守詹範字惠之相對垂霜蓬

賦詩殊苛未少世非工杖藜山谷間杜子

芳總劍六……江盡頭杖藜涂步立芳狀類渤海龔漢循吏傳龔遂為渤海太守半道要我飲意與王弘同有酒

我自至不須遣龐通門生與兒子杖屨聊

相從南史陶潛傳江州刺史王弘欲識之不能致也潛嘗往廬山弘令潛故人龐通之齎酒具於半道栗里要之使一門生二兒舉籃輿及至欣然便共飲酌俄頃弘至亦無忤也

我家六兒子流落三四州杜子美五盤詩故鄉有弟妹流落隨丘墟辛苦見不識史記吳世家勾踐為人能辛苦今與農

圃儔論語樊遲請學稼曰吾不如老農請學為圃曰吾不如老圃買田

帶脩竹築室依清流未能遣一力分汝薪水憂（南史陶潛傳為彭澤令不以家累自隨送一力給其子曰今遣此力助汝薪水之勞此亦人子也可善遇之）坐念北歸日此勞未易酬我獨遺以安鹿門有前脩（後漢龐公傳劉表問先生不肯官祿後世何以遺子孫龐公曰世人皆遺以危今獨遺之以安後攜其妻子登鹿門山采藥不反）

九日閑居 并引

明日重九雨甚展轉不能寐起索酒和淵明一篇醉熟昏然不能佳也

大白獨仰臣欣然憮乎生四時靡不佳樂

此古所名龍山憶孟子晉孟嘉傳九月九日桓溫宴龍山有風至吹嘉帽落栗里懷淵明事見前詩鮮鮮霜菊艷韓退之秋懷詩鮮鮮霜中菊既晚何用好溜溜糟牀聲杜子美羌村詩賴知禾黍收已覺糟牀注閑居知令節樂事滿餘齡韓退之過南陽詩孰忍生以戚吾其寄餘齡登高望雲海文選阮嗣宗詠懷詩登高有所思李太白赤壁歌烈火高張照雲海醉覺三山傾史記封禪書三神山傳在渤海中長歌振履商新序原憲曳杖拖履行歌商頌聲滿天地如出金石天子不得而臣也諸侯不得而友也起舞帶索樂

列子天瑞篇孔子游於太山見榮啓期鹿裘帶索鼓琴而歌坎軻識天

意杜子美醉時歌德尊一代常坎軻名垂萬古知何用淹留見人情

文選劉安招隱士攀援桂枝兮聊淹留但願飽秔稌年年樂

秋成莊子正得秋而萬寶成

己酉歲九月九日并引

十月初吉菊始開廼與客作重九因次淵明己酉九月九日一首胡廣飲菊潭而壽然李固傳贊云其視胡廣猶糞土也

今日我今乙東坡雜記云海南氣候不常[illegible][illegible]知上秋有菊即重易

誰謂秋冬〻貢莊與我期草中實後凋論語歲寒然後知松栢之後凋也香餘白雲乾色映青松高

悵望荊陽町文選謝玄暉酬王晉安詩悵望一途阻古潭霏

慶霄盛弘之荊州記菊水出穰縣太尉胡廣患風疾飲此水遂瘳年八十二薨漢地里志南陽郡穰縣屬荊州文選謝宣遠詩云慶霄薄汾陽注慶雲也伯始

眞龔士後漢胡廣傳字伯始平生夏畦勞飲此亦何

益内熱中自焦左傳昭公元年晉侯求醫於秦秦使醫和視之曰女陽物而海時滛則生内熱惑蠱之疾持我萬家春謂嶺南萬户酒一

醉五柳陶陶淵明五柳先生傳宅邊有五柳因以為號焉夕英幸

可掇繼此木蘭朝楚辭屈原離騷朝飲木蘭之墜露夕飡秋菊之落英

歲暮作和張常侍并引

十二月二十五日酒盡取米欲釀米亦竭時吳遠游陸道士皆客於余因讀淵明歲暮和張常侍詩亦以無酒為歎乃用其韻贈二子

吳遠游名復古字子野事見三十八卷次韻子由贈吳子野先生詩注陸道士名惟忠字子厚眉山人嘗見東坡於

[illegible]作詩[illegible]外只自以為決不死坡之曰子神
清而骨寒其清可以仙其寒亦足以死後十五年復見於
惠日吾眞坐寒而死矣紹聖四年卒坡為錄其墓坡嘗以
文叅張安道云某於天下未嘗誌墓獨銘五人比盛德故
如惟忠吳遠游輩於公困厄流離之中追隨不捨如惟忠
不幸而死故獨得公為銘以垂千載是亦可謂知所託矣

我生有天祿漢食貨志酒者天之美祿玄膺流玉泉黃庭經舌下玄膺死生岸出清入玄二氣煥子若得之昇天漢注云玄膺通津液之岸也管受精符何事陶彭澤乏酒每形言仙人與道

士自養豈在繁但使荊棘除不憂梨棗稀眞誥紫微夫人告許長史曰火棗交梨之樹已生汝胷中可剪除荊棘令此樹單生欸實好也

我年六十一頹景薄西山漢揚雄反離騷恐日薄於西山歲暮似有得稍覺散亡還有如千丈松常苦弱蔓纏養我歲寒枝論語歲寒然後知松栢之後凋會有解脫年米盡初不知但怪飢鼠遷二子眞我客不醉亦陶然白樂天與夢得飲詩共君一醉一陶然

游斜川

正月五日與兒子過岳游

謫居澹無事何異老且休雖過靖節年未失斜川游陶淵明游斜川詩開歲倏五十吾生行歸休春江綠未波文選江文通別賦春草碧色春水淥波人臥舡自流我本無所適汎汎隨鳴鷗楚辭屈原卜居汎汎若水中之鳧隨波上下偷以全吾軀中流遇伏洄漢武帝秋風辭橫中流兮揚素波捨舟步曾丘陶淵明斜川詩序若夫曾城傍無依接獨秀中皐有口可與飲何必逢我儔南史謝瀹傳兄朏指瀹口曰此中唯宜飲酒袁粲傳道遇一士大夫便呼與飲明日此人謂被知顧到門求進粲曰昨飲

酒無偶聊相要耳

過子詩似翁我唱而輒酬未知陶彭澤頗有此樂不問點爾何如不與聖同憂問翁何所笑不為由與求論語子路曾晳冉有公西華侍坐子路率爾而對曰千乘之國由也為之可使有勇且知方也夫子哂之求爾何如對曰求也為之可使足民點爾何如鏗爾舍瑟而作對曰暮春者春服既成冠者五六人童子六七人浴乎沂風乎舞雩詠而歸夫子喟然嘆曰吾與點也又季氏將伐顓臾冉有季路見於孔子孔子曰危而不持顛而不扶則將焉用彼相矣

郭主簿 并引

清明日閉門誦書聲節閑羨感念少時悵

爲追懷先君宦跡之遺意且念淮德二幼孫無以自遣廼和淵明二篇隨意所寓無復倫次也

今日復何日高槐布初陰良辰非虛名清和盈我襟文選謝靈運游赤石詩首夏猶清和穉子卷書坐誦詩如鼓漢張良傳孺子可教韓退之秋懷詩清曉卷書坐南山見高稜琴却去四十年玉顏如汝今文選宋玉神女賦苞溫潤之玉顏閉戶未嘗出出為鄰里欽家世事酌古百史手自斟當年二老人喜我作此章

淮德入我夢角羈未勝簪禮記剪髮為鬌男角女羈注云夾囟曰角午達曰羈孺子笑問我君何念之深漢陸賈傳陳平嘗燕居深念賈曰何念深也

崔灝含淳音竹萌抱靖節東坡云此兩句先君少時詩失其全篇誦我先君詩肝肺為澄澈猶如鳴鶴和周易鳴鶴在陰其子和之未作獲麟絕左傳哀公十四年西狩獲麟杜預曰仲尼絕筆於獲麟之一句願因騎鯨李杜子美詩若逢李白騎鯨魚道甫問信今何如追此御風列莊子列子御風而行泠然善也

丈夫貴出世功名豈人傑漢高祖紀三者皆人傑吾能用

之家書三萬卷韓退之詩鄴侯家多書插架三萬軸獨取服

食訣地行即空飛楞嚴經衆生堅固服餌而不休息食道圓成名地行仙堅固草木而不休息藥道圓成名飛行仙何必挾日月莊子山木篇昭昭乎如揭日月而行

示周掾祖謝

游城東學舍作

聞有古學舍竊懷淵明欣陶淵明五柳先生傳好讀書不求甚解每有會意輒欣然忘食攝衣造兩塾禮記凡學家有塾黨有庠序遂有窺戶無一人周易窺其戶闃其無人邦風方圮

夷廟貌猶殷因論語殷因於夏禮先生饌已缺論語有酒食先生饌弟子散莫臻忍飢坐談道唐文粹陸龜蒙杞菊賦序忍飢誦經豈不知屠沽見有酒食邪晉衛玠傳時人語曰衛玠談道平子絕倒嗟我亦晚聞莊子丘也早湛於人僞而晚聞大道也永言百世祀史記陳世家盛德之後必百世祀未補平生勤今此復何國豈與陳蔡鄰孟子夫子厄於陳蔡之間無上下之交也永媿虞仲翔弦歌滄海濱三國志吳虞翻傳字仲翔徙交州雖處罪放而講學不倦門徒常數百人

贈李長史 并引

得鄭會嘉靖老書欲於海舶載書千餘卷見借因讀淵明贈羊長史詩云愚生三季後慨然念黃虞得知千載事上頼古人書次其韻以謝鄭君

我非皇甫謐門人如摯虞不持兩鴟酒肯借一車書晉皇甫謐傳自表就武帝借書帝送一車與之門人摯虞等皆為晉名臣漢陳遵傳楊雄酒箴鴟夷滑稽腹如瓠壺盡日盛酒人還借酤欲令海外士觀經似鴻都後漢靈帝紀光和元年始置鴻都門學生蔡邕書石經結髮事文史俯仰六十餘漢主父偃傳

髮游學四十餘年

老馬不耐放長鳴思服輿戰國策楚客謂春申君曰昔騏驥駕鹽車上吳坂遷延負轅而不能進遇伯樂解而趣之於是俯而噴仰而鳴以伯樂之知己也今僕厄居之日久矣君獨無意使僕為君長鳴乎

故知根塵在圓覺經圓圓無際故當知六根徧滿法界根根徧滿故當知六塵徧滿法界

未免病藥俱傳燈錄道吾和尚一鉢歌藥是病病是藥到頭兩事都拋却

念君千里足歷塊猶踟躕楚辭屈原卜居寧昂昂若千里之駒乎杜子美瘦馬行當時歷塊悞一蹶委棄非汝能周防

好學眞伯業英雄記太祖稱長大而能勤學者惟吾與袁伯業耳山陽太守袁遺字伯業[illegible]

此骨可相如戰國策淳于髡一日而見

七八宣王曰寡人聞千里一士是比肩而至也杜子美詩賦或似相如此書
久已熟敉我今荒蕪顧慙桑榆迫淮南子日西垂
景在桑端謂之桑榆久猒詩酒娛杜子美詩久遣詩酒汙何事忝簪裾
奏賦病未能草玄老更踈漢楊雄傳從上甘泉還奏賦以
風哀帝時草太玄有守泊如也猶當距楊墨揚子能言拒楊墨者聖人
之徒也稍欲懲荊舒毛詩戎狄是膺荊舒是懲王安石初封荊國公
後封舒王

乞食

莊周昔貸粟猶欲舂脫之莊子莊周家貧貸粟於監河侯

魯公亦乞米炊煮尚不辭法帖顏魯公乞米帖云拙於生事舉家食粥來已數日淵明端乞食亦不避嗟來禮記齊大饑黔敖為食於路以待餓者有餓者來黔婁左奉食右執飲曰嗟來食揚其目而視之曰予為不食嗟來之食以至於斯也嗚呼天下士死生

寄一杯斗水何所直杜子美詩斗水何直百憂寬遠汲

苦姜詩後漢列女姜詩妻傳詩母好飲江水妻常泝流而汲後值風不時得還母渴詩責而遣之幸有餘薪米養此老不才至味

乂不壞可為子孫貽

胡西曹示顧賊曹

長春如稚女杜牧之晚晴賦忽八九之紅芰姹然如婦斂然如女飄

飄倚輕颸文選張平子思玄賦飄飄神舉逞所欲卯酒暈玉

頰白樂天水齋詩卯酒善消愁紅綃卷生衣低頷香自

斂含睇意頗微寧當娣一作配黃菊未肯姒

一作似戎葵爾雅長婦謂稚婦為娣婦娣婦謂長婦為姒誰言與弱

質杜子美新松詩弱質豈自負閱世觀盛衰文選古詩盛衰各有

時頩然疑薄怒文選宋玉神女賦頩薄怒以自持兮曾不可乎犯干

沃盥未可揮左傳僖公二十三年晉公子重耳之秦秦伯納女五人奉

匜沃盥既而揮之瘴雨吹蠻風凋零豈容遲白樂天詩

千花百草凋零後留向紛紛雪裏看（小字）老人不解飲短句餘清悲

移居 并引

去歲三月自水東嘉祐寺遷合江樓迨今一年多病鮮歡頗懷水東之樂得歸善縣後隙地數畝父老云此古白鶴觀也意欣然欲居之廼和此詩

昔我初來時水東有幽宅晨與烏鵲朝暮與牛羊夕（柳子厚朝日說古者旦見曰朝暮見曰夕）誰令遷近

市左傳昭公三年齊景公欲更晏子之宅曰子之宅近市湫隘囂塵不可以居請
更諸爽塏者日有造請役漢張湯傳造請諸公不避寒暑歌呼
雜閭巷韓退之詩隔墻聞歌吹衆口極鸞鳳鼓角鳴枕席後漢
公孫瓚傳鼓角鳴於地中漢趙充國傳從枕席上過師出門無所詣
韓退之詩長安百萬家出門無所之樂事非宿昔鮑照樂府何懃宿昔
意病瘦獨彌年莊子除病瘦憂患其中開口而笑者一月之中不過
四五日而已矣文選謝惠連詠牛女詩彌年缺相從東薪與誰析毛詩
不流東薪又析薪如之何
洄潭轉碕岸我作江郊詩今為一廛氓注

願受一廛而為氓此地乃得之胥為無、邪齋思、我無所思陶淵明六月中遇火詩斂腹無所思古觀廢已久白鶴歸何時我豈丁令威千歲復還茲續搜神記遼東華表柱有鶴集其上有鳥有鳥丁令威去家千歲今始歸城郭如故人民非何不學仙冢纍纍江山朝福地古人不吾欺韓退之詩且於此中息天命不吾欺

時運 并引

丁丑二月十四日上、鶴峯新居成自嘉祐寺遷入詠淵明時運詩云斯晨斯夕言息

其廬似爲余發也迺以其韻長子邁與余別三年矣挈攜諸孫萬里遠至老朽憂患之餘不能無欣然

我卜我居居非一朝龜不吾欺左傳昭公二十五年臧昭伯如晉臧會竊其寶龜僂句以卜爲信曰僂句不能欺也杜預曰僂句龜所出地名食必江郊尚書亦惟洛食鮑照別王宣義詩江郊藹微明廢井已塞柳宗元有塞廢井文喬木干霄孟子非謂有喬木之謂也文選孔德璋北山移文干青霄而直上昔人伊何誰其裔苗史記項籍紀豈其苗裔邪下有澄石刻作澄集本作澂潭可飲可濯

江山千里供我遐矚木固無蹊瓦豈有足

陶匠自至獻歌相樂會稽典録孔融與曹公書云珠玉無蹊而自至者以人好之也

我視此邦如洙如沂顔野王玉篇洙水出泰山沂水出琅邪縣禮記吾與女事夫子於洙泗之間論語浴乎沂

邦人勸我老矣安歸自我幽獨楚辭屈原九章哀吾生之無樂兮幽獨處乎山中

倚門或揮揚子法夷貉則引之倚門墻則麾之

豈無親友雲散莫追文選王仲宣贈蔡子篤詩風流雲散一別如雨劉禹錫寄僚友詩故人雲雨散

旦朝丁丁毛詩伐木丁丁鳥鳴嚶嚶朝其鳴矣求其友聲

誰欵我廬呂氏春秋欵門而謁高誘曰欵扣也

子孫〻遂

至笑語紛如剪綵（古刻作鬘集本作髮）垂髫鬟此瓠壺（漢張蒼傳肥白如瓠陳遵傳鴟夷滑稽腹如大壺）三年一萬延復見余

始經曲阿

虞人非其招欲往畏簡書（孟子以大夫之旌招虞人虞人死不敢往毛詩豈不懷歸畏此簡書）穆生責醴酒先見我不如（漢楚元王傳穆生曰醴酒不設王之意怠不去楚人將鉗我於市）江左古弱國強臣擅天衢（後漢孔融薦禰衡表曰龍躍天衢）淵明墮詩酒遂與功名疏我生值良時朱金

義當紆揚子使我紆朱懷金其樂不可量也天命適如此陶淵
明責子詩天運茍如此且進杯中物幸收廢棄餘獨有媿此
翁火名難久居史記越世家范蠡以為大名之下難以久居不
思犧牛龜莊子列御寇篇子見夫犧牛乎衣以文繡食以芻菽及其牽而
入於太廟雖欲為孤犢其可得乎外物篇神龜能見夢於元君而不避余且之網知
能七十二鑽而無遺筴不能避刳腸之患兼取熊掌魚孟子魚我所欲
也熊掌亦我所欲也二者不可得兼舍魚而取熊掌者也北郊有大賚
尚書周有大賚善人是富南冠解囚拘左傳成公九年晉景公見鍾儀
而問曰南冠而縶者誰也有司曰鄭人所獻楚囚也使稅之眷言羅浮

下白鶴返故廬羅浮記博羅縣有羅浮外五里皆山前後之地也浮山在東羅山在西羅山蓋共浮山靈跡多在浮山也山有白鶴觀今廢

註東坡先生詩卷第四十一

道光庚子六月八日司徒照邀同林召棠陳其錕羅傳球許祥光等同

海山仙館觀潘仕成所藏宋槧蘇詩並趙松雪十札墨蹟馮贊勳記

招梅花神自古
宋伯仁有梅花喜
昔覃溪先生閉關後猶時
介亭與余同去譚蓺
公皆游道山
荷屋前輩出示
蘇集叙述前
并令画其花
不覺感慨
顔純記
賜書堂